빨간날이 365일 인데

곽종철 제3시집

시음사
시사랑음악사랑

봉사와 열정으로 시를 짓는 시인 곽종철

곽종철 시인의 첫 시집을 출간할 때 이런 글을 쓴 적이 있다. "사랑과 봉사를 실천하는 시인, 정도를 지키며 현실에 맞서 삿대질을 해 댈 줄 아는 곽종철 시인을 보면 늘 한결같이 묵묵하고 정갈하게 독자들에게 다가간다."고 표현했던 곽종철 시인은 6년이 지난 지금까지도 늘 같은 느낌의 시인이다.

곽종철 시인의 작품에 빠지다 보면 시인과 대조되는 면을 볼 수 있고, 공적이고도 사변적인 자아와 철학적인 깊이에서 나오는 이미저리를 볼 수 있다. 시인은 나이를 먹지 않는다. 육체적인 삶에서 벗어나 정신적인 나이를 글로써 표현하기 때문이다. 인간의 가장 기본은 사랑이다. 그 사랑은 환생의 기쁨이기도 하지만 슬픔의 어두운 시간 속에서 진리를 깨닫게도 하듯이 곽종철 시인은 슬픔의 끝을 기쁨과 마음의 평정으로 다듬어 가고 있다. 이제 시인이 세 번째 작품집을 들고 독자 앞에 섰다.

영혼이 살찌워진 시인은 더 깊은 곳에서 퍼 올린 시어들과 맑은 하늘에서 모아온 문장들로 한편의 작품을 엮는다. 요즘 얼마나 많은 시인이 그런 감수성을 지녔을까 하는 의문을 가지게 되는 것이 현실이다. 시인 곽종철의 작품을 보다 보면 시인은 인간이 살아가는데 필요한 기본적인 지식과 또는 그동안 살아오면서 보고 느낀 것에 대해 생명을 불어넣어 한 편의 시로 탄생시킨다. 큰 것은 큰 것 대로의 가치를 부여하고 작은 것에서는 감성을 찾고 섬세하고 아름다움을 간직한 시인임이 분명하다.

2013년 7월에 첫 시집 "마음을 흔드는 잔잔한 울림" 2015년 7월에 "물음표에 피는 꽃" 이제 2017년 10월에 제3 시집 "빨간 날이 365일인데"를 출간한다. 중견 시인으로서 확실한 자리를 잡고 활발한 활동으로 후배문학도의 길을 인도 해주는 시인이 독자 앞에 다시 한번 자신을 드러내놓았다. 지금까지 꾸준히 곽종철 시인님의 작품을 애독하는 사람으로서 기쁜 마음으로 추천한다.

사단법인 창작문학예술인협의회 이사장 김락호

시인의 말

두 권의 개인시집과 여덟 권의 공동시집을 내놓고도 내 이름 앞에 붙는 '시인'이라는 호칭이 아직도 어색합니다. 스스로 '시인'이라고 말하는 것은 더욱 어색합니다. 하지만 시를 좋아하는 독자들에게 많은 사랑을 받은 것 같아 더 공감하는 시를 쓰고자 꾸준히 노력해 왔습니다.

세 번째 시집 『빨간 날이 365일인데』를 내놓으면서도 역시 독자들의 꾸준한 사랑을 기대하지만, 한편으로는 어느 때보다 더 큰 부담을 느낍니다. 늘 따뜻한 손길로 격려하고 지켜봐 주시는 독자들에게 기대에 못 미치는 작품들로 채워지지 않았나 하는 염려와 부끄러움 때문입니다.

과학기술의 발전으로 인간의 삶은 풍요롭고 안락하게 하지만 인간의 존재감을 점점 작아지게 하는 불안감은 더 커지고 있습니다. 이에 대한 답을 시에서 찾고자 합니다. 즉 우리 삶의 희로애락 고백서라고 할 수 있습니다.
독자님들의 많은 사랑 기대합니다. 감사합니다.

시인 곽종철

♣ 제1부 시간 속으로 여행

♣ 제2부 깊은 산 속 옹달샘

QR 코드   스마트폰으로 QR 코드를 스캔하면 시낭송을 감상할 수 있습니다.

제목 : 빨간 날이 365일인데
시낭송 : 조서연

제목 : 약속
시낭송 : 박영애

♣ 제3부 따뜻한 손길

♣ 제4부 묵언((默言)의 기도

〈제1부〉
시간 속으로 여행

배고픈 시절도 코흘리개 시절까지도
밤하늘에 별처럼 아득한 추억으로
푹 빠져들게 하는 곳, 민속촌
꽃이 피거나 지거나
즐거움과 편안함이 엄마 품 같네.

인생도 세월도 그대 품에

신비의 영산 마이산아, 너를 찾아간다.
두 귀를 쫑긋 세우고 밤낮으로
세상 돌아가는 이야기 다 듣고 있겠지.
하늘에는 먹구름이 가득하고
성난 바다는 소용돌이치고 있으니
이 나라 주인이 다들 편치 못하다네.

천지탑 앞에 서서 가슴 열어 놓고
온갖 시름 달래 달라 소원이라도 빌어볼까
한 개 두 개 올려 쌓은 돌탑에다 절하며
애통한 심정으로 평화통일 빌어볼까
섬진강 금강의 발원지 용궁의 석간수로
겉 희고 속 꺼먼 이들 속이라도 씻어볼까

마이산아, 말해다오.
곪아 터진 가슴 속도 비둘기의 사랑이면
저만치 가버린 마음도 되돌아올까
정성을 다하면 세상이 바뀌듯
부부산의 금슬이 수천 년을 이어오듯
사랑의 석간수도 마르지 않으리라.
인생도 세월도 그대 품에 쉬어가리라.

봄을 부른 산수유

샛노란 꽃망울들이
봄을 찾는 참새에게
무엇인가 속삭이네.
봄소식을 전하려나.
임의 소식 전하려나.
알 수 없는 몸짓으로
봄소식을 전하는구나.

봄 찾아온 참새야!
꽃가지를 흔들어다오.
그러면,
사랑에 목마른 꽃망울에
벌 나비도 찾아오겠지.
봄이 꽃으로 피어나면
꽃이 사랑을 전하겠지.

봄 편지

한 송이 두 송이 꽃송이가
쳐다보면서
생끗생끗 자꾸 웃고 있습니다.
즐거움도 듬뿍,
행복도 한 아름 줄 것 같이

받는 재미에 정신없이 바라보다
꽃샘추위가 채 가시지도 않았는데
이 꽃 저 꽃 날아다니는
벌을 보고
뭔가를 나누고 싶어집니다.

비록 가진 게 작은 것일지라도
나눔의 길을 침묵으로 말해줍니다.
그대와 나 함께
웃음을 나누고
즐거움을 나누다 보면

버들강아지

따사로운 햇살
언제 품었다고
살랑살랑 부는 봄바람
언제 맞이했다고
부드러운 털에다가
노란 꽃술로 치장(治粧)을 했나.
참, 앙증맞게 생겼네!

꽃샘추위
무서운 줄 모르고
겨울잠도 덜 깬
날갯짓으로 날아와
임을 만난 것처럼
푹 빠진 벌 좀 보소.
참, 희한한 일이야!

조팝나무 꽃 이야기

봄날은 벚꽃들의 잔치인가
무엇이 그리 좋은지
모두가 벚꽃 타령만 하고 있네.

길 따라 피어난 조팝나무 꽃,
겨우내 기다린 끝에 피어나
함박웃음으로 기쁘게 맞이해도
보는 둥 마는 둥 하는 인간에게
뼈 있는 한마디를 날리네.
"크고 작은 꽃 가리지 않고
한 눈으로 바라보는 자연처럼
자잘한 꽃 매력에 빠져보라"고

그대들의 눈빛이 쏟아지는 날
소담스럽게 핀 꽃송이만큼이나
봄의 향연이 더욱 향기로울 거야.

봄비

깊이 잠든 겨울을 깨운다.
어느덧 입춘이 지나
계절은 저만치 가는데
겨울은 여전히 눌러앉아
떠날 줄을 모르는데,

겨울잠 자는
개구리 깨우고
나뭇가지도 간지럽히고
꽁꽁 언 얼음까지 스며들어
자연에 생명을 불어넣기 위해
촉촉이 내려 줘 반갑구나.

속속들이 파고드는 생명수!
겨우내 움츠렸던 마음마저도
심술부리는 꽃샘추위도
눈처럼 쌓였던 미움도 다 녹여
이 마음에 잔물결이 이는구나.

입춘(立春)

앞산이 기지개 켜는 소리
만물이 잠 깨는 소리
들리는 사람은 다 들릴걸.

계곡에 물 흐르는 소리
나뭇가지에 잎망울 피는 소리
봄 오는 소리 다 들리네.

봄 오는 소리에
겨우내 움츠렸던 그대 가슴에
봄 향기가 가득했으면 좋겠네.

청춘을 알리는 첫 절기,
내 삶의 향기도 또다시
솔솔 피어났으면 좋으련만,

버리지 못할 미련(未練)

내 마음엔 만국기가 펄럭이네.
바람이 불어도 비가 와도
나는 너를 볼 때마다 왠지 좋다.
가끔은 보고 싶지 않을 때도 있지만,

내 마음엔 늘 태극기가 펄럭인다.
기가 차는 일이 벌어질수록
너를 향한 내 가슴은 더 뛰는구나.
가끔은 미워질 때도 있지만,

붉은 별은 누가 지웠나.
나만 모르는 통일이 되었나.
너 모습은 보이질 않네.
때로는 치가 떨릴 만큼
몹쓸 짓도 많이 하지만
그래도 그 속에서 너를 찾는다.

가끔은 이 무슨 원수인가 싶지만
진정한 사랑의 노래를 부르면
겨레의 봄날은 찾아오겠지.
지성(至誠)이면 감천(感天)이라는데,
타고난 뿌리가 같은데,

넋들에 띄운 편지

만고풍상을 다 겪고도
우리 가슴에 남아 있는
임을 만나려고
금천교를 건너
홍살문을 들어선다.
혼령께 바칠 향은 향로(香路)로
죽은 자는 능침(陵寢)에서
산 자는 어로(御路)로
비록 오는 길은 서로 달라도
정자각에서 어우러지면
모두가 한세상이 된다는데
산자끼리는 담을 쌓았으니
어쩌면 좋을꼬?
진저리나는 진흙탕 싸움이
도(度)를 넘고 선(線)을 넘어
두 쪽으로 쪼개더니
반쪽마저 내놓으라니
풍류를 좋아하시던 임이여!
나라를 반석 위에 올리신 임이여!
제발 음덕(蔭德)을 베푸소서.

17

기막힌 사연

누구를 사랑하는 죄로
죽음을 맞이한 사나이의 한,
상사뱀으로 환생하여
한 몸처럼 살아가는 애달픈 사연,

떼어내고 싶어도
떠나게 하고 싶어도
그러지 못하여
궁궐을 나와 세상을 방랑하는
눈물겨운 한 여자의 인생사란다.

맑은 물에 마음마저 씻은 그녀는,
스님의 가사(袈裟)를 짓기로 하고
한 땀 한 땀 바느질할 때마다
사나이의 해탈을 기도하였으리라.

진정으로 우러난 그 기도는
떠도는 그 남자의 삶에도
메마른 그녀의 일생에도
반짝이는 별이 되었나 보다.

청평사 공주설화를 생각하며(2015. 5. 10)

항아리

먼지 앉을 새도 없이
파리가 앉아도 떨어질 만큼
닦고 또 닦으시던 엄마의 손길
반질반질한 그 항아리 어디 가고
깨진 못난이만 남았는데도
그 시절이 생각납니다.

고운 햇살이
아지랑이 되어 피어오르던
그 항아리 열고
속이 노란 된장 듬뿍 떠
된장국 끓여 주시던
엄마의 그리움이 피어납니다.

새끼가 어미 되고
그 어미가 엄마를 찾아와도
그 엄마는 보이지 않고
깨진 항아리만 남아
소리 없이 들려주는 옛 사연,
구수한 된장국 냄새만큼이나
엄마 향기 전해져 눈시울을 적십니다.

천 년의 꽃, 경주

임이라 부르기에 이제,
어느 세월 속에 숨어 버렸나.
찬란하게 꽃 피던 시절을
내 꿈에서나 만나는
간절한 임이랄 수밖에 없네.

첨성대는 외로워 동경이(*)를 부르고
무영탑의 전설도 모깃소리처럼 들리네.
석굴암 부처님도 수심만 가득하니
구석구석에 묻어둔 내 추억들이
벚꽃에 짓밟히고 장미꽃에 가려져
천 년의 꽃잎이 떨어질까 두렵네.

우리가 파먹고 살은 삶이
역사의 숨결인지도 모르고
전설의 고향다운 체통을 지키려고
몸부림을 치는 네 모습도 못 본체
실오라기 하나 걸치지 않는
맨살까지 드러내라니
네 마음을 너무 헤아리지 못했구나.

또 다른 천 년을 위해
우화가 탈바꿈할 때처럼
힘찬 날갯짓하고 모진 일을 감내하듯
뿌리 깊은 나무처럼 흔들리지 않기를
정성껏 묵언의 기도를 드린다.

동경이 : 예전에, 경주를 '동경'이라 할 때에 그 곳에서 기르던 꼬리가 짧은 개

간이 버스 정류장에서

보고 싶은 임을 기다리는 듯
자라목처럼 쭉 빼고서
이제나저제나 올까 기다리지만
올 기미가 전혀 없네.

지나가는 차들도 무엇이 그리 바쁜지
질주의 본능대로 제 갈 길을 가버리네.
혹시나 "어디까지 가느냐."고
말이나 걸까 싶어 내심 기다려보지만
매정한 임처럼 돌아도 보지 않네.

또 다른 시간을 향해 가는 시간인데
그대는 올 건지 말 건지
간이 의자에 앉았다 섰다를 열두 번
애간장이 다 타는구나.

빨리 오라고 외치고 싶은 마음이
목까지 차오르지만
그대 마음 모르는 채 성화만 부린 달까 봐
앉지도 못한 채 모가지만 자꾸 길어지네.
그대를 향한 기다림은 언제쯤 끝나려나.

사진 찍는 날

아무리 "김치"하고 외쳐도
웃지를 않는 영령님아!
나라 안팎이 시끄러워서
심기가 너무너무 불편한가요.

세상에 목란 향기 진동하니
무궁화 향기 그리워서
요즘 같이 어려운 시절에도
돌아누워 모른 척하나요.

광풍이 지나가면 노도가 밀려오고
나무도 아닌 것이 풀도 아닌 것이
온 세상을 뒤덮으니 그들에게
묵언(默言) 시위(示威)라도 하는 건가요.

살기 좋은 나라 만들려고
숨 가쁘게 달려온 영령님아!
올챙이 시절 모르는 개구리 같은 자에게
서글프다는 말 대신 벼랑 끝을 보여주오.
벼랑 끝에서라도 옳은 길 찾는 날
절로 웃는 영령님, 사진 찍는 날

이러고 산다네

눈을 감고 산다.
온통 보이는 게 안개 속이라
눈 뜨고도 제대로 볼 수 없으니
차라리 눈을 감아보면
밝은 세상 눈 앞에 펼쳐지겠지.

귀를 막고 산다네.
들리는 소식마다 한숨 소리라
실낱같은 희망도 들을 길 없으니
차라리 귀를 막아보면
피 끓는 소리라도 들을 수 있겠지.

입 다물고 사는 사연 누가 알 까만
비통한 마음으로 참 얘기를 해도
바람처럼 속 시원히 불어란다.
말을 섞으면 날개를 달까 봐
가슴을 치면서 속으로 운다.

이러고 살다 보면
맺힌 한(恨) 걷어내고 싶어
목말라하는 그대에게도
침묵의 힘으로 힘찬 날개를 펴고
별들이 소곤대는 창공을 향해
힘찬 날갯짓을 하겠지.

봄 호수

봄바람을 타고 온 봄,
어느새 호수에 잠겼네.

상춘객(賞春客) 마음은
호수 깊은 곳까지
긴 낚싯대 드리우고
봄을 낚는다.

물결이 일렁이면
화사한 봄꽃을 낚고
청둥오리 자맥질할 때면
호수가 품은 산을 낚는구나.

한가로이 노니는 물고기야,
복사꽃 핀 곳으로
날 데려다주려무나.
그대와 함께 거닐며 부르던
노랫소리 또한 그립다.

첫 마디

불쑥 내 뱉은 말 한마디
곱살스러워야 했었는데,
당신 기분도 어떨지
생각했어야 했는데,

활을 떠난 화살처럼
엎질러진 물처럼
다시는 주워 담을 수 없는 걸
진작 알았어야 했는데

부드러운 첫 마디,
하루를 기분 좋게
인생을 행복하게 하는
팥소 같은 존재가 아니더냐.

남기고 간 세월

너는 무엇을 타고 오기에
소리도 없이 오는가?
살금살금 밤길 다니는 고양이처럼

너는 어떻게 생겼나?
도대체 본 사람이 없으니 마치,
소낙비 타고 승천한다는 용처럼

어느새 지나갔는지 화살처럼
그냥 지나갔으면 좋으련만
백발을 만들었네, 내 머리를

파란 하늘에 고추잠자리를
그리워하는 가을 남자,
산마루에 머물고 있는
노을마저 사라질까
너를 잡고 하소연한단다.

꽃샘추위

가던 길을 되돌아 왔나
누가 반기다고,
박수 받으며 떠날 때도
얼음장처럼 차가웠던 너지만
식지 않은 정이 있다고 믿었는데

무슨 미련 남았기에
이다지도 매서운 맛을 보이는가.
칼바람이 파고들 때면
시린 가슴 더 시리네.
따뜻한 그대 품이 더 그립네.

봄이라고 '좋아라' 피어나던
꽃망울의 가슴에
검은 그림자가 드리워졌네.
'어쩌면 좋아'
제발, 아침 이슬이 사라지듯
시샘 많은 추위야 썩 물러가라.

시간 속으로 여행

따뜻한 봄날,
가마득한 시간 여행을 위해
민속촌을 찾았구려.

돌멩이 하나 올려놓으며
소원 빌던 서낭당 고갯길
그 소원대로 한양까지 왔을지 몰라.
고즈넉한 초가집 대청마루에
안기려고 다가가면 놀란 참새 떼,
다듬잇돌에 찔끔 똥 싸 놓고
훌쩍 날아가 버려도 밉지 않아
내 가슴 속에서 날갯짓하고 있네.
돌담 너머로 훔쳐보는 봄 처녀의 뒷모습
살랑대는 치맛자락 찰랑대는 긴 머리
서로 훔쳐보려다가 들키고 말았던 추억,
큰마음 먹고 장터에 가면
국밥 한 그릇 막걸리 한 사발에
근심 걱정 다 잊으시는 아버지 모습,
대장간 담금질에
넋을 잃고 바라보던 동네 꼬맹이,

엿장수 가위질 소리에
멀쩡한 고무신까지 엿 바꿔 먹던 시절,
집집이 돌아다니며 지신밟기에
어깨춤 들썩이며 풍물놀이에 몰입하던 일
끝없는 시간 여행에도 지칠 줄 모르네.

배고픈 시절도 코흘리개 시절까지도
밤하늘에 별처럼 아득한 추억으로
푹 빠져들게 하는 곳, 민속촌
꽃이 피거나 지거나
즐거움과 편안함이 엄마 품 같네.

청계산 봄나들이

꽃샘추위가 머물고 있는데
삼삼오오 모여 오랜만에 만난 것처럼
말잔치에 열 올리는 것을 바라보면
그대를 찾는 즐거움이 행복이로구나.

계절마다 다른 얼굴을 하는 그대,
오늘은 겨울잠이 덜 깬 듯
민얼굴을 보여주는데도
평안하게 쉴 수 있을 것 같아
포근한 그대 품에 머물고 싶어라.

아직도 할 일이 남은 나이인데
지나간 꿈과 아쉬움을 훌훌 털고
현실로 돌아가 자신을 돌아보려고
다 말하지 못한 보따리를 들고
세월과 함께 그대를 찾노라.

산새 소리 들으며 잠이 깬 초목들,
새로운 꿈을 꾸는 것을 보노라면
어느새 발자국을 뒤로하고
흰 구름 좇아 나서려는 뜻을 접고
넓은 가슴을 내주는 그대에게
한없이 안겨 단꿈을 꾸고 싶네.

그리움이 머문 단짝

봄비가 촉촉이 내리는 날,
너 그리우면 도돌이표가 없어도
타고 가던 인생 열차를 되돌리고 싶네.
바람이라도 부는 날이면 손수건을
연못으로 가져가는 그놈의 심술에
발을 동동 구르던 그 모습이 선하네.
껌 딱지 같다는 너와 나 사이,
하늘이 알고 땅이 아는 사이인데
안개처럼 사라져 만날 수 없으니
애석하기 끝이 없어라.
시샘하며 놀리는 재미로 산다던
동무들도 다 떠나버렸네.

지금은 어느 하늘 아래서
무엇을 하고 있을까?
저 산 너머 저 강 건너 살기에
봄비 타고 바람 타고 달려와
내 마음을 이렇게도 흔들어 놓겠지.
백발이 성성한 초로(初老)라지만
너 생각에 잠기다 보면
나는 바로 철부지가 된다네.

둘도 없는 내 친구여!
아무리 붙어 있어도 싫지 않던
그때 그 시절 그 추억을
지금도 남몰래 살포시 꺼내본다.

봄 향기 문화 향기
- 남산골 한옥마을의 향기 -

나뭇가지에 푸름은 더해 가고
가벼워지는 옷차림에
봄은 묻어오는가 봐.
나도 묻어간 남산골 한옥 마을.
콧등이 시린 봄 날씨에
옛 정취 되살려 놓은
예스러운 마당에다
내 발자국 남기고 싶어
이리저리 휘젓고 다녔지.

고즈넉한 자연에 안긴 팔작지붕
곱게 휘어진 처마, 서까래 모두가
곡선의 아름다운 혼이 숨 쉰다.
저마다 사연을 말하려는 듯
속속들이 다 보여주려는 듯
문을 열고 기다리기에
입을 조금 열고 내 마음을 전한다.
머리에서 발끝까지 자연 그대로라고.
자연과 인간이 하나 되어
자연의 섭리로 살아간다면
그보다 더 좋은 지혜 어디서 찾으랴.

마음에 품은 얼굴

추운 겨울이라도
우리는 늘 그랬지.
햇살이 그리워
누가 먼저랄 것도 없이
바람 없는 양달로 몰려갔지.

눈부시도록 비치는 햇살
골고루 비춰주는 햇살
마음껏 받으면서도
고마움은 잊은 체
도란도란 이야기꽃 피우던
그리운 시절로 향하는 마음.

서로가 마주 보며
"따뜻하지"
"따뜻해"
마주 보며 웃는 얼굴
그리운 얼굴을
내 마음에 품고 있다네.

봄을 기다리며

싱그럽게도 푸르던 잎도
맑은 향기 그윽한 아름다운 꽃도
미련 없이 벗어던지고
엄동설한을 알몸으로 버텨온 너,

바람 타고 산등성이를 넘어오는
계절의 소식을 들었나,
몸에는 벌써 생명수가 흐르고
나뭇가지에는 푸른빛이 완연하네.

돋아나는 꽃망울 소리에
까치도 즐겁고 분주하구나.
얼음 밑에 흐르는 개울물 소리,
내 가슴에 살포시 파고들어
사그라지던 추억에 불을 지피는구나.

겨울의 끝자락에 매달린 꽃샘추위,
떠나기가 아쉬운 듯 미적거리지만
부끄러운 듯 소박한 목련꽃망울에는
봄기운이 아지랑이처럼 피어나는구나.
묻어둔 내 가슴도 한껏 봄을 마신다.

〈제2부〉
깊은 산 속 옹달샘

뭐하려고 왔나.
엄마 품과 같은 자연에 안겨
새소리 바람 소리 들으며
마음과 영혼을 씻으러 왔단다.

한여름 같은 오월

불가마처럼 뜨거운 오월 한낮,
푸른 나무 정자를 지나칠 수 없어
불청객처럼 돌 방석에 걸터앉았지.
낙원이 따로 있나
여기가 낙원이지 싶어
바람도 나무도 고마워지는구려.

시원한 바람 솔솔 불어오니
꿀맛 같은 졸음이 찾아와
천근만근 같은 눈까풀은 감기네.
갈대처럼 흔들리는 몸뚱이도
가던 길을 잃었나,
바람 따라 꿈속으로 떠나는구려.

밀려오는 파도인가
- 자율 주행 자동차를 보면서 -

있어야 할 운전석에
있어야 할 운전자가 없으니
도대체 저 물건은 뭘까.
가고자 하는 곳을 생각만 해도
뇌파가 전달돼 알아서 간다는데
저게 인간일까.
가는 길에 장애물이 있어도
물처럼 흘러가듯 간다는데
인간의 걸작일까.

넉넉한 마음도 가졌을 것 같아
반기면서도 놀라는 인간들,
가다가 달리다가 사고 나면
당한 자는 어디에다 하소연할까.
밀려오는 파도 앞에
무기력해져 가는 인간들아!
닥쳐올 운명을 외면하며
입에 맞는 것만 찾다 보면
텃새가 철새처럼 집 떠나
외로운 신세 될지 모르지.

내 꿈은 인간처럼
- 인공지능 로봇의 꿈 -

나도 너처럼 되고 싶어
엄마 뱃속에서 태어나지 않았는데
두 발로 걷고 계단도 오르내리고
앞으로 뒤로 넘어져도 일어나 걷는다.

나도 너처럼 되고 싶어
인간이 아니면서도
노래에 맞춰 춤도 추고 말도 하고
무슨 일이든 시키는 대로 잘한다.

하지만, 일자리를 빼앗긴다며
너 잡으려고 반란을 일으킨다며
인간처럼 해내는 머리를 가지라더니
오두방정을 다 떨며 한숨을 짓는구나.

호랑이 새끼를 키우는 것처럼 두려워 마라
우주 한 곁으로 너 살 곳도 찾아봐야지
이러쿵저러쿵하기보다 같이 살길을 찾자
내 꿈은 인간처럼 되는 거야.

빨간 날이 365일인데

내 인생 고달프다
언제쯤
넥타이 풀고 자유인이 될까
모처럼 돌아온 빨간 날
모든 시름 잊어버리고
잠이라도 실컷 잘 수 있을까
그런 때가 절로 찾아오더니
그마저도 저만치 가버리네.

그 인생 영영 가버린 것처럼
땅이 꺼질 듯 한숨짓지 말고
불굴의 의지로 또 일어서보자!
얼굴에 주름은 인생 계급장,
바람이 불어도 흔들리지 말고
인생 열차에 사랑의 꽃을 싣고
정이 그리운 곳으로 찾아가자.
빨간 날이 365일인데,

제목 : 빨간 날이 365일인데
시낭송 : 조서연
스마트폰으로 QR 코드를 스캔하면
시낭송을 감상할 수 있습니다.

43

비 맞은 토끼

비 개자 풀밭에서
홀로 몸단장을 하고 있네.
털 고르기에 여념이 없어
누가 다가오는 줄도 모르네.

인기척을 들었나,
두 귀를 쫑긋 세우고
물끄러미 쳐다보면서
귀찮다는 듯 눈총을 보내네.

임 만날 때가 다 되었나 봐
앞발로 세수도 하는 둥 마는 둥 하고
사랑가를 부르며 춤이라도 추는 듯
깡충깡충 뛰면서 풀밭을 누비네.

찔레꽃 속에서 나타난 한 마리
앞서거니 뒤서거니 뛰어다니며
서로 "나 잡아 봐라"라며
진한 사랑놀이하는 듯하네.

일산호수공원에서 단상(斷想)

하늘도 물도 푸른 아침나절
바람이 찾아와 물을 일렁이니
물결은 춤을 추듯 너울거리네.

밀려왔다 밀려가는 너울마다
반짝이는 사연들이 아롱거리니
임 생각이 가득하네.

울어대는 참새 소리마저
가슴 깊이 파고들어 속을 태우니
옷자락을 휘날리며 임 찾아가야겠네.

한시라도 빨리 가고 싶은 마음에
바짓가랑이를 걷어 올렸지만
호수는 돌아가라며 길을 내주지 않네.

어부바

거슴츠레한 눈 자꾸 비비더니
업어 달라며 칭얼거리는구나.

두 팔로 목을 감싸며
"어부바!"하며 매달리는구나.

업은 자 업힌 자 간에
말없이 흐르는 정이 따뜻하구나.

새근새근하는 소리,
포근하게 잠든 천사의 숨소리.

깊은 산 속 옹달샘

누가 왔나.
태어난 곳도 돌아갈 곳도 여기라며
모든 걸 내려놓고 땅만 보고 걸을
모질게 산 사람들이 찾아왔단다.

뭐하려고 왔나.
엄마 품과 같은 자연에 안겨
새소리 바람 소리 들으며
마음과 영혼을 씻으러 왔단다.

마음먹은 대로 잘했나.
뻐꾹새 소리 들으며 욕심을 씻고
미움의 흔적은 초목을 보고 지우며
토끼 간 꺼내 씻듯이 잘 씻었단다.

웃는 얼굴빛이 다르고
부드러운 말소리가 다르네.
새롭게 돋아나는 쉼(休)의 힘은
깊은 산 속 옹달샘 물 한 모금.

시인이 꿈꾸는 흔적

바람이 불어와도
물이 흘러가도
지나간 흔적을 남기는데
인간이 머문 자리 발자취는 남겠지.

곳간이 없어도 남겨 둘 수 있고
슬렁슬렁 살면서도 남길 수 있지만
몹쓸 흔적은 바람에 날리고
자랑스럽고 고귀한 자취만 남겨야지.

시인이란 꼬리표가 붙은 글쟁이는
독자의 마음을 흔드는 시 한 수로
영원한 시인으로 남고 싶으면
잔잔한 울림을 주는 시를 써야지.

세월을 이기는 시를 남기려면
사무치고 간절한 마음 담아
진실한 삶의 향기로
시 속에서 사랑의 꽃 피게 해야지.

저 세상으로 띄울 편지

오월 중순쯤,
산소 앞에 아카시아 꽃
휘늘어지게 필 때쯤
애들과 함께 찾아뵙겠습니다.

무엇이 그리 바쁜지
뒤돌아볼 겨를도 없어
까맣게 잊고 지냈던 세월
생각할수록 가슴이 저립니다.

즐거운 일이 있을 때도
괴로운 일이 있을 때도
두서없이 몇 자 보내드린 편지
보시고 활짝 웃으시는 모습 선합니다.

가끔은 아버지 생각에 잠기고
때로는 소식도 전하고 싶습니다.
세월이 갈수록 그 마음 더 간절한데
저도 아버지 되어 알았습니다.

찾아뵐 때까지 편안히 계세요.

남한산성

오십일도 임을 품지 못한
서럽고 서러운 사연,
삭히고 삭히려고
새소리 바람 소리
벗 삼았는지 몇몇 해던가.

무릎 꿇고 절했던 삼전도의 굴욕,
고스란히 안고도 갈 길이 없어
쓸쓸하게 버티고 있는 네 모습,
그 사연 아는 자 몇이나 될까?

세월도 지울 수 없는 사연을
덮는다고 없어질 줄 아는
어리석은 자를 깨우쳐 주는
너는
남한산성이로다.

오월의 신록

온 세상을 푸른 옷으로 입힌 오월,
너무나 시원스럽고 젊구나.
내 마음도 덩달아 푸르고 상쾌하네.
새들도
푸른 나뭇가지 사이로 넘나들며
젊음을 노래하는구나.
그냥 오월을 보낼 수 없다는 듯이.

칠십 세(歲)에 맞이하는 오월,
초록이 초록을 낳으니
할 일이 많이 남은 나에게
활력을 주는 신록이 좋구려.
비록 몸은 늙어 간다지만
마음만은 아직 푸르구나.
하늘 향해 펼쳐 보는
청춘의 푸른 날개여!

약속

갈바람 타고 온 줄 알았는데
가을은 어디에서 머물고 있는지
한낮에는 여름 볕이 눈부시네.

황금빛 들판에 고개 숙인 벼,
함박꽃처럼 웃는 밤송이를 보면
영락없는 가을인데
민소매를 걸치고
계절을 맞이하는구나.

아기단풍 물들면 만나자던 그 약속
임아, 그때까지 잊지 않겠지.
아직 가을은 여물지 않았나 봐.
가을비라도 촉촉이 내렸으면 좋겠네.

제목 : 약속
시낭송 : 박영애
스마트폰으로 QR 코드를 스캔해
시낭송을 감상할 수 있습니다.

소나무 숲길

땅에서 땅으로 이어지는
북한산 둘레길,
우이령 자락에는
소나무 숲길로 이어지는구나.

소나무가 뿌려 놓은 솔향기
솔솔 부는 솔바람 타고
가슴 속으로 파고들 때면
솔밭에서 서툰 솜씨로
세한도(歲寒圖)*를 그리고 싶네.

푸름을 잊지 않는 소나무야!
칼바람이 솔가지를 흔든다고
오색단풍으로 물들지는 않겠지
한결같은 너 마음 내가 알지.

---

*세한도(歲寒圖) : 추사 김정희가 귀양살이 할 때 그의 제자 이상적은 많은 책을
연경(북경)에서 구해다 스승인 추사에게 보내니, 추사는 제자의 절의를 고맙게
여겨 자신의 마음을 담아 그린 그림*

임에게 띄울 편지

저마다 사연을 품고
비바람에 흔들리며
햇볕에 내공을 쌓더니만
푸르던 단풍잎이 저렇게
곱게 물들어 가는구나.

오늘은 청산이
붉게 물들어가는 사연에
너를 향한 그리움을 적어
학(鶴)처럼 곱게 접은 편지를
저 세상으로 띄우고 싶다.

해 질 녘에 단상(斷想)

하루해가 길다 한들
실타래처럼
꼬여만 가고 깊어가는
해묵은 우리네 회포(懷抱)
다 풀기에는 너무나 짧구나.

그 회포,
바닷물에 풀 수 있나
지는 해에 실을 수 있나
저 갈매기도 모른 척하니
애간장만 다 타는구나.

갈매기야! 갈매기야!
저 강도 바다도 건너고 싶고
저 산도 휴전선도 넘고 넘어
살구꽃 곱게 피던
내 고향 내 집으로 가고 싶은데,
너 날개 좀 빌려주려무나.

한밤에 잡념(雜念)

가을이 곧 떠나려는가 봐.
솔솔 불던 갈바람이
어느새 냉랭하게 구는
시누이처럼 칼바람이구나.

나무는 어찌 잎조차 떨구고
찬 겨울을 보내려고 하느냐?
새순 돋기 위한 몸부림이겠지.
하나라도 놓칠세라 싶어
아직도 움켜쥐고 바동거리는
가을 남자는 떨고 있는데

화살처럼 지나가는 인생길에
옷 한 벌만 챙기면 된다는데
무엇이 안타까워
사시나무 떨듯 떨고 있을까?
모두가 소용없고
다 부질없는 망상(妄想)인데

임도 보고 뽕도 따는 날

잔뜩 찌푸린 날씨를 보면
눈이 올라나 비가 올라나
뭐가 와도 오긴 오겠는데,

입동이 지났으니
눈 올 때도 되었으련만
긴 가뭄 끝이라
비가 더 와야지 하면서도
둘 다 오면 안 될까 싶네.

임의 품이 그리울 땐, 눈
목 타는 이웃을 볼 땐, 비
시계추처럼 오락가락하는
내 마음을 정녕 모를까.

휘날릴 때는 눈꽃 송이요
사뿐히 내려앉으면 곧 녹는
진눈깨비로 내리면 좋겠네.
왠지 임도 보고 뽕도 따는
그런 날이 될 것 같아서,

작은 음악회

눈에 넣어도 안 아플 자식들이
고운 몸짓으로 행복을 전합니다.
엄마 품에서만 놀던 철부지들이
언제 저렇게 늠름해졌는가 싶어
쳐다만 봐도 입이 귀까지 찢어져요.

춤 노래 온갖 재롱 다 부리는 날
실눈처럼 눈을 떠보면
백옥같이 하얀 마음으로
장미꽃보다도 더 진한 향기로
시름을 달래주고 있답니다.

눈물 나도록 웃으면 즐거움을 주고
배꼽 잡고 웃었더니 행복도 주네요.
작은 실수에 더 큰 박수를 보내면
젊음까지 한 보따리 덤으로 주네요.

작은 것이 크고 깊네요.
작은 것이 향기롭고 아름답네요.
작은 것에서 더 많이 배웁니다.
작은 것이 또 일으켜 세웁니다.

오일장 날에 머문 추억

아침부터 왁자지껄하네.
유혹하는 목소리 따라
여기도 기웃 저기도 기웃하지만
발걸음을 멈추는 곳은 따로 있네.
등 따시고 배부른 것이 원(願)인 시절,
주막집에서 막걸리 한 사발을 놓고
젓가락 장단에 시름을 달래보는 사람들,
약장수의 아코디언 소리에
어깨를 들썩이다 춤을 추는 사람들,
대장간에 풀무 소리 우시장에 흥정소리
모두가 내 마음 같아 정겨운 소리라네.
가진 것이 없어 서럽다는 우리 엄마,
쌀 판돈으로 아들놈 검정고무신 한 켤레,
오이 몇 개 판돈으로 딸년 양말 한 켤레,
지고 간 장작 판돈으로 고등어 한 손,
꼬깃꼬깃 넣어둔 돈으로는 옷 한 벌을
사 들고 오시는 엄마의 발걸음이 가볍네.
그날은 웃음소리가 집 담장을 넘었지.

참, 좋은 한 때

즉석 만남이라나?
철이 지나 꽃도 없는 외진 곳
허름한 비닐하우스엔
정으로 맺은 웃음꽃이 피었네.

한 잔술로 사랑을 찾고
두 잔술로 청춘을 노래했지.
세 잔술로 행복에 겨워
이 순간이 영원하기를 빌었지.
네 잔술로 제 갈 길을 가야 하는
아쉬움을 노래했었지.

정으로 만난 사람들끼리
고달픈 인생길을 달래려고
노래하고 봄꽃을 피운
참, 좋은 한 때라네.
이런 느낌도 당신의 마음이라네.

오르막길 내리막길

태산을 옮기는 듯
힘겨운 한 걸음 한 걸음으로
아는 길을 가는 것처럼
느린 발걸음을 옮기는구나.

숨이 목까지 차올라
들숨 날숨에 단내가 나겠지만
구르는 바퀴가 멈출까 봐
막바지를 향해 가는 것처럼
고달프고 힘들게 가고 있구나.

오르막길 끝이
내리막길 시작이라며
서로가 힘들까 봐
밀고 당기며 하나 되는 마음에는
쌓인 미움도 눈 녹듯이 사라졌네.

"여보, 좀 쉬어가자꾸나."
바람도 쉬어가는 아늑한 곳이라
그들만의 농익은 사랑이 흐르니
내리막 인생길에 피는 꽃,
참새도 찾아와 반기는구나.

맘대로 생각

가는 세월이 유수 같으니
세월을 멈추게 할 묘약은 없을까.
무슨 뚱딴지같은 소리라고
허무맹랑한 이야기라고
욕하지 마라. 가끔은
그렇게 생각하는 때도 있었지.

지구를 멈추게 할 수 없을까.
그러면 밤낮이 없어지고
계절이 바뀌지 않을 테지.
그렇다면 세월은 머물고
시계도 덩달아 멈춰 주겠지.
영원히 사는 길을 찾은
과학자처럼 우쭐댈 때도 있었지.

비록 지구를 멈추게 한다 해도
그 순간 태양으로 빨려 들어가든지
머물 수 없는 땅이 된다는 생각에
차라리 멈추지 말고
처음처럼 돌고 돌기를 기도한단다.
마치 지구를 요리하는 요리사처럼,

상상의 날개는 멈추지 말자.
비록 지금은 이룰 수 없더라도
먼 훗날 누군가는 이룰 수 있다는
생각만은 버리지 말고 담아두자.
사소한 일이라고 지나치고
미친 짓이라고 손가락질해도
세상을 바꾼 일이 너무 많으니까.

미처 몰랐네

왜, 당신은 홍시만 좋아하셨는지.
배부르다며 드시지도 않으면서
자식 먹을 땐 흐뭇해하셨는지.
그게 저절로 알 리 없었지.

왜, 당신은 평생 땀만 흘렸는지.
힘들고 아파도 내색하지 않으시면서
자식에겐 책 많이 읽으라 하셨는지.
그게 저절로 알 리 없었지.

당신은 늘 이렇게 말씀하셨지.
"지는 것이 이기는 것"이라고
"남에게 베풀면 복이 온다."고
"세상에는 공짜가 없다"고

서산마루에 해가 걸리고
저녁노을 붉게 물들 때쯤
그게 저절로 알게 되는 게지.
당신의 발자국을 따라갑니다.

〈제3부〉
따뜻한 손길

품에 품고 등에 지면서
금이야 옥이야 키워 놓았더니,
오리 새끼 물로 떠나듯
제 자리 찾아 떠나던 날
눈시울을 붉히시고 말았지.

엄마의 속삭임 1

눈썰매장에서 신난다고
조심하지 않으면 곳곳에
위험이 도사리고 있단다.

썰매를 끌고
힘들게 올라가는 것은
즐거운 맛을 보기 위함이란다.

남들이 빨리 내려간다고
서둘거나 부러워하지 말고
조심하고 또 조심하란다.

차례를 기다릴 때도
줄을 서는 것은
삶 속에 기본이기 때문이란다.

이런 엄마의 속삭임도
나를 데려간 썰매 타는 유혹에
넋을 잃고 내팽개쳐지네.

따뜻한 손길

울 엄마,
열 달 동안 배속에 품고
젖먹이 때는 배곯을까
걸을 때는 행여나 넘어질까
바람이 불면 날아갈까
그래도 못 미더웠는지
품에 품고 등에 지면서
금이야 옥이야 키워 놓았더니,
오리 새끼 물로 떠나듯
제 자리 찾아 떠나던 날
눈시울을 붉히시고 말았지.

울 엄마,
서울 가서 배고를까
남한테 기죽을까
고쟁이 속주머니 탈탈 털어
천 원짜리 있는 대로 꺼내
살며시 내 손에 쥐여 주시면서
"서울 가더라도 못 있겠다 싶으면
주저 말고 내려오느라" 하셨지.
그 한마디에
객지에서 좌절하지 않고
오십 년을 버티고 살고 있지.

엄마의 속삭임 2

"철아,"
"너무 춥지, 손발이 시리지"
다정다감한 엄마의 목소리가
눈 내리는 춤사위 타고 와
가슴 속으로 파고들었는데,

"빨간 손 좀 봐라." 시며
시린 손 꼭 잡으시고는
따뜻한 이불 속으로 넣어 시면서
"이제 밖에 나가지 말고 공부 좀 해라."
하시면서 또 볼일 보러 나가셨지.

강아지처럼 노는 것이 좋은 시절,
내 마음은 어느새 문틈으로 나가
눈사람 만들고 눈싸움에 정신이 팔려
온돌방의 아랫목처럼 따뜻하게 들려오는
당신의 속삭임도 뒷전이 되고 말았지.

지금은 그 속삭임이
기쁨과 슬픔으로 더 크게 다가와
함박눈이 펄펄 내릴 때면
사무치게 그리운 당신에게로
홀연히 달려가고 싶다네.

시장 앞에서

생각이야 꿀떡 같지만
원하는 것 제대로 잡을 수 없어
억울해하는 손이 아쉬워하며
빈 지갑을 만지작거리다 열어보네.

마음으로나마 가져보고 싶다는 듯
여러 장의 돈을 머리로 세어 볼 때
잡을 것이 하나도 없는 손은 허전해
주먹으로 이마를 두드리고 있네.

번뜩이는 생각 하나, 비상금!
햇빛조차 보지 못하게 깊게 넣었는데,
헤픈 웃음을 치고 언제 탈출을 했는지
좋다만 머리는 점점 불편해지네.

번뜩이는 생각마저도
하나둘씩 떨어져 나목처럼 될 때
빈 머리도 지쳐 하얗게 돼 버리니
참다못한 다리는 발걸음을 옮기네.

김밥에 돋아 난 추억

너를 보기만 해도
눈시울이 뜨거워지는 것은
쌀독 탈탈 털어 밥 짓던
엄마 생각 때문이야.

너를 보기만 해도
목이 메는 것은
옆에서 군침만 삼키던
누이동생 생각 때문이야.

너를 보기만 해도
웃음이 나는 것은
몰래 가져다 먹다 들켜도
모정(母情)으로 감싸주시던
엄마 생각 때문이야.

너를 보기만 해도
어린 시절이 그리운 것은
엄마 옆에 가지런히 누워
한 이불 덮고 자던
우리 남매 생각 때문이야.

인생무상(人生無常)

하루해가 왜 이리 더디 가나 싶지만
계절은 벌써 봄을 보내고
또 여름을 안고 가을로 접어드네.

세월과 발맞춰 가기 싫어
나무 그늘에서 숨 돌리며 쉬다가
젊은 날 돌아보니 짧고 험난했네.

고운 단풍이 꽃보다 낫다더라,
여기까지 잘 살아왔노라며
솟구치는 마음을 다독이지만
나뭇잎처럼 떨어질 가을 인생이라네.

저 세상에서 부르면 가야 할 인생
어차피 흙으로 돌아갈 운명인데
남은 인생 후회 없이 잘살아 보세.

묵언(默言)의 가르침

두물머리 맑은 물로 마음을 씻고
연꽃의 의미를 가슴 깊이 새겼네.

진흙탕으로 변해가는 세상이지만
이제염오(離諸染汚)를 배워가네.

세한정의 아름다운 사연 새기고
향기 나는 사람 되고파 일심교를 건너네.

꽃 중의 꽃, 무궁화가 이르기를
"안 배운 듯 배워가거라!"

찬란하게 빛나는 별, 홍의장군

시를 읊고 낚시로 세월을 보내던
한 선비가 장한 일을 했도다.
짙은 먹구름이 몰려와
한 치 앞을 내다볼 수 없는
캄캄한 밤과 같은 조선 팔도에
혜성처럼 반짝이는 별로 다가와
서 있기조차 힘든 황량한 벌판에서
당하고 당하는데 이골이 나
주저앉아버린 백성을 일으켜 세워
눈 맞춤을 하는 그 별,
서로서로 눈을 맞추고
정암나루로 모이는 어린 백성들에게
용기와 희망을 불어넣고는
말고삐 휘어잡고 홍의(紅衣) 자락 휘날리며
자신을 채찍질하는 그 별,
안마당을 넘보는 왜군을 응징하여
이 땅에 빛을 찾아준 별이 되었네.
평생을 나라 사랑으로 살아온 그 별,
지금, 세계에 우뚝 선 단군의 후예를
저 세상에서 흐뭇하게 지켜보리라.

세상에 나서기를 꺼려

낙동강 한 자락에서 임종을 맞이하여

하늘에서 온 별 하늘로 돌아간 별이지만

찬란하게 빛나는 별로 우리 곁에 남았도다.

홍의장군 : 임진왜란 때 최초의 의병장 '곽재우 장군'을 말함. 학문과
무예가 뛰어나고 싸울 때는 붉은 옷을 입었다고 함

싸리 꽃

둥그스름한 싸리나무에
가을을 영글게 하는
앙증맞은 꽃이 피었네.

봄여름 다 보내고
잔디마저 생기를 잃어갈 때쯤
남몰래 키운 사랑 이제야 피우네.

바람에 한들거리는 꽃송이는
가을을 품에 품고
이 꽃 저 꽃 기웃거리는 나비를 엿보네.

향기 남은 여인처럼 늘어진 가지는
세월을 품에 품고
가슴 속에 익어갈 열매를 기다리네.

첫 만남

마주 보는 눈빛에 익어가는 두 뺨
설레는 가슴에 뛰는 고동 소리
식은땀이 절로 나는 만남이었지.

헛기침을 해보고 물을 들이켜 봐도
오른 열은 도무지 내리질 않았으니
마음도 홍당무처럼 물들었지.

무슨 말이라도 해야겠다는 생각에
잔뜩 벼르고 벼르다가 한다는 말이
"날씨가 좋네요." 비 오는 날에,

그 추억 장미꽃처럼 피어날 때면
철없던 시절로 돌아가 미소 짓는다.
그대도 나처럼 이 추억에 젖어 볼까.

더위 먹은 청개구리

이어지는 불볕더위에
품어주던 푸른 대지가
가마솥처럼 이글거리네.

목이 타는 산천초목도
한줄기 비를 기다리네만
온다는 소식 듣기 어렵네.

가만히 두고만 볼 수 없는
속이 타는 청개구리들
마른 날에 큰일 내고 말았네.

간절한 소망을 담아
"개골개골" 합창을 하네.
비야, 타는 가슴 적셔다오.

향수

하늘 밑 첫 동네 산골 마을로
옛이야기 끝없이 이어지고
보고 싶은 얼굴들
주마등처럼 지나가는 곳

산새 소리 정다운데
"이랴"하는 쟁기질 소리
엄마 찾는 송아지 울음소리
돌아나니 눈시울이 뜨거워지는 곳

꼴망태 등에 메고
바위에 걸터앉아
흐르는 실개천 물소리에
'나그네 설움' 부르던 곳

눈감으면 또렷이 떠오르는데
아무리 잊으려고
애를 쓴다고 잊히려나.

주왕산 가을 스케치

비바람으로 빚어진 바위가
청학 백학으로 다가오더니
곧 시루떡 모습으로 다가오네.
곳곳에서 발걸음을 멈추게 하는
주왕의 전설을 문패에 달았구나.

볼수록 신기한 기암 협곡에 묻혀
아들바위를 보았겠는가.
바위 위에 쌓인 작은 돌만큼이나
간절한 소원들도 많았나 봐.
또 돌 하나를 올리면서
가슴에 품은 꿈을 풀어보는구나.

산수화처럼 펼쳐진 암벽을 지나니
심심산천을 안고 도는 계곡물,
시린 가슴 씻으려는 듯이
거침없이 내려오는 폭포수 되는구나.
흐르는 물소리에 내 혼(魂)을 깨워본다.

가을비에 젖을수록 더 빨간 단풍,
병풍처럼 이어지는 산봉우리마다
아기자기한 수를 놓은 듯 걸작들이네.
금강산이 따로 있나, 여기가 거기지
하루해에 쫓겨 헤어짐이 아쉽네만
또다시 찾아오마.

주산지(注山池), 역시 명승지로다

울창한 수림에 둘러싸인
아늑하고 포근한 산중 호수,
단걸음에 달려온 이에게
할 말을 잊게 하는구나.

물속에 드리워진 만산홍엽은
조물주가 빚은 것처럼 절경이네.
마음에 다 담을 수가 없으니
카메라에라도 담아 가야겠네.
서산에 지는 해를 잡아두고 싶네.

사철 물에서 사는 버드나무야!
오랜 세월 동안 저 물속에서
얼마나 많은 탄식을 하면서
누구를 원망하며 둥지를 틀었는가.
그 마음 몰라주는 인간이 야속하지.

그래도, 봄, 여름, 가을, 겨울,
사계절을 곱게도 그려내는 그대,
정답게 찾아오는 이들이
날아갈 듯 기뻐하는데도
그대는 묵언(默言)이네만
내 가슴에 그대가 있네.

가을 장미

끌리는 네 향기를
모르는 척 지나치려도
엎어지면 코 닿을 곳에서
너를 바라보고 있다네.

바람에 떠밀려온 낙엽들도
그 덫에 걸린 듯이
네 앞에서
오래오래 맴도는구나.

가을비를 맞은 벌 나비는
눈부신 아름다움에 끌려
꽃잎에 내려앉아
황홀한 정을 나누는가 봐.

몸에 가시가 있기에
더 아름답다는 네 모습,
다가서다 찔린 흔적조차
향기로운 꽃으로 피었는가.

억새꽃, 이렇게도 좋을까

은빛으로 피어난 억새꽃에
영롱한 아침 이슬이 맺혔네.

운무처럼 뿌옇게 낀 안개로
발걸음이 무겁기도 하련마는
반기는 손짓에 멈출 수 없구려.

흘러가는 세월은
황금빛 들판으로 물들이고
솔솔 부는 갈바람은
가을 노래 실어오니
오늘은 나에게
참 좋은 날이었으면 좋겠네.

아! 오늘 하루를
일렁이는 억새 숲에서
그대와 함께
내 인생을 엮어 가리라.

날개

창공을 훨훨 날고 싶어라.
높은 산도 넘고 싶고
긴 강물도 건너고 싶어
어디론가 가고 싶어 날개를 편다.

내 갈 곳은 어디 뫼냐
내 머물 곳은 어디란 말인가
내 설 곳을 찾을 수 없어
맴돌고 돌고 돌다 날개를 접는다.

얼음 위에 한 발 들고
죽은 듯이 기다리지만
물속에 물고기는 그림의 떡인지라
더는 참지 못해 또 날개를 편다.

돌팔매질

일렁이던 물결은
깊은 겨울잠에 들고
정답게 노닐던 철새들도
제 갈 길을 떠난
얼음 언 호수에
돌팔매질은 웬 말인가.
젊은 힘자랑이라지만
물고기들은 놀라
단잠을 깨지나 않을까?
아직도 우수가 지나려면
한 달은 더 남았는데
겨울잠 일찍 깨어서
배고프다면 어떡하지?
스쳐 가는 바람 잡고
봄 데리고 오랄까?
바람이 불면
봄풀이 돋아나고
봄꽃이 피어날까?
아직도 겨울이다.
성가시게 하지 마라.

불난 집

한순간에 모든 것이
연기처럼 사라지나?
화마(火魔)에 사로잡혀
애걸조차 할 수 없는 신세,
이를 애타게 지켜만 보며
발만 동동 구르는 혼(魂),
아무것도 할 수 없는 처지라
애달프고 속이 타들어 가는구나.
일궈 놓은 삶의 흔적들이
한 줌의 재로 될까 두렵구나.
시커멓게 그을린 집만 남아
정나미가 떨어질까 봐 두렵구나.
호랑이한테 물려갈 때도
정신만 차리면 산다는데
제발, 정신 좀 차려라!
불난 집이 길 건너 호떡집이 아니야.

두루마리 휴지

너처럼
맺힌 데도 없이 술술 풀리고
좋은 일만 줄줄이 생기기를
모두가 바라는데,

너처럼
세상살이도 둥글둥글 돌아가
우리의 인연도 끊어지지 말고
이 세상 끝까지
쭈~욱 이어졌으면 좋겠네.

밥상머리 교육

손자와 할아버지,
모처럼 식탁에 마주 앉았다.

안경 너머로 손자를 살피시던
할아버지 한 말씀,

"예야! 골고루 잘 씹어 먹어라."
"친구들하고 싸우지 말고"

머리를 끌쩍끌쩍하면서
손자가 하는 말,
"아빠도 똑같은 말씀 했는데요."

껄껄 웃으시던
할아버지 또 한 말씀,
"우리는 뿌리가 하나란다."

백송(白松)이 전하는 말
- 헌법재판소 백송을 보면서 -

뒷방 늙은이처럼
뒤뜰에 묵묵히 버티고 서 있어도
알 건 다 안다고 큰소리쳐왔는데,

속이 시꺼먼 백로는 겉만 보고
겉이 검은 까마귀는 겉만 보려는
그 속마음은 도대체 모르겠네.

법복으로 가린 그대의 속마음도
흰지 검은지도 정말로
다람쥐 암수 구별보다 더 어렵네.

아서라, 모르겠네.
이제는 알파고(*)에 맡겨보면 어떨까.
뒷방 늙은이의 하소연이란다.

　*알파고 : 구글이 개발한 인공지능 바둑 프로그램
　*백송 : 서울시 종로구 북촌로 15(재동) 헌법재판소 내에 있는
　　　천연기념물 제8호를 말함(수령이 600년, 높이가 14m,
　　　밑 부분 둘레가 4.25m)

말다툼

작은 불씨에 큰불이 나듯이
무심코 던진 말 한마디가
아픈 데를 찌르고 말았나.

오가는 말이 더 커지고 거치니
거침없이 내뱉는 말마다
서로의 상처 깊어지고 커지는구나.

그까짓 말다툼 좀 했기로서니
자네와 나, 토라져서는 안 되지
비 온 뒤에 땅이 더 굳는다는데,

'내 탓이야!' 서로 말하면서
삿대질했던 그 손 다시 잡으면
우리는 영원한 벗이 될 거야.

숲 속을 찾아서

나무숲이 그리워
풀 냄새가 그윽하고
졸졸졸 물이 흐르는
숲 속을 걸었지.

산새가 지저귀고
청설모가 넘나들며
까투리 찾는 장끼도 보는
그런 숲을 걸었지.

몸속의 찌꺼기 버린다며
맑은 공기 들이켜고서
뼛속까지 시원하다며
숲 속의 기(氣)를 마음껏 받았지.

해 그림자가 길게 자라면
내 갈 곳은 집뿐이라며
빌딩 숲을 헤치고 샛길로
가던 길을 재촉하는구나.

땅에만 머무는 새

밤하늘에 달을 보며 길을 나선다.
세상에서 가장 잘 대접해주는 전철,
짧은 접촉으로 무사통과에다
배려석에 앉아 신문을 펴든다.

세상일 브리핑이 끝날 때쯤에
내릴 역에 당도하고 곧바로,
커피 한 잔 빼 드는
인생길 나그네가 되어
세월을 낚는 강태공이 되는구나.

온종일 배고픈 서러움에 더하여
술도 고프지만, 배춧잎이 아깝고
담배도 고프지만, 몸이 바닥이란다.
사람이 그리워 온정도 고파
애꿎은 나무에 한(恨)풀이하네.

시들은 파처럼 볼품없는 모습이지만
힘겹게 참고 버텨온 추억들이
내 마음을 다잡고 위로를 하네.
오늘은 인생 몇 장 몇 막을 펼쳐볼까.

누가 품은 회포(懷抱)

부풀어 오른 꽃망울이
가슴을 설레게 하더니
봄을 시샘하듯
눈발이 휘날리고
바람조차 가슴으로 파고드니
꽃샘추위라기보다 한겨울이네.

양지바른 곳에 돋아난 새싹들,
눈 맞고 떠는 모습이 안쓰럽구나.
무엇이 그리 급해서
땅도 풀리지 않았는데 돋아나
이런 시련 겪는지 가슴이 아프네.
그래도 봄날은 오겠지.

역경을 이기고 자라나는 새싹처럼
봄눈이 오면 눈에 입맞춤하고
찬바람이 불면 바람에 안기며
절망 말고 사랑하며 살다 보면
초록빛 세상에 꽃피는 시절 오겠지.
겨울잠에서 깬 너희는 어떠하나.

〈제4부〉
묵언(默言)의 기도

닫힌 마음의 창을 열고
분노에 찬 옹졸한 마음도
망설이는 어리석음도
올해가 다 가기 전에 털고
내가 먼저 용서를 구하는
겸손한 마음을 갖도록
두 손을 모은다.

1월이면

시작이 반(半)이라는 달
무엇이든 하면 된다고
마음속 깊이 새기는 달
많은 꿈을 그려보는 달이지.

자리에서 벌떡 일어나
두 주먹을 불끈 쥐고
젖 먹을 때 힘까지 다하자며
다짐하고 다짐하는 달이지.

이 맹세 변치 말자며
작심삼일로 끝나지 말자고 빈다.
너도 그렇게 빈다.

송구영신(送舊迎新)

조용히 한 해를 뒤돌아봅니다.
때로는 성난 파도처럼 분노하고
때로는 아픔을 함께하기도 하며
가끔은 쇠귀에 경 읽는 짓도 하는
다사다난한 한 해를 보냈답니다.

속절없이 지나가는 세월이라지만
많은 흔적 남겨둔 채 흘러갑니다.
묵은 것은 보내고 새것을 맞이하는
이 순간이 바로,
좋은 일만 있기를 바라는 새해랍니다.

새해가 밝았습니다.
칼바람에 떨지 않게 따뜻한 정을 나누고
삶에 지쳐 처진 어깨에 날개를 주소서.
갈등으로 찢어진 상처도 아물게 하는
우리 소원 다 이룰 새해를 맞이하소서.

우리 소원 들어주소서.
우리에게 지혜를 베푸소서.
더 밝은 새해를 만들기 위해
우리의 할 일에
가슴이 뜨거워지는 새해가 되소서.

겨울비 내리는 대공원

겨울비가 내리는 이른 아침
안개 뒤에 숨은 대공원을 찾았지.
우리 안에 붉은 사슴도 외로운지
아는 체하면서 꼬리를 흔드네.

모두,
가슴 뛰는 즐거움도 없을 텐데
무엇을 위해 걷고 또 걷는가.
누가 뒤쫓아 오지도 않는데
발바닥에 불나도록 걷기만 할까.
누가 반기며 손을 흔들어도
돌아도 보지 않고 걷고만 있네.

서산 해를 바라보는 군상들
함께 걸으며 주고받는 이야기는
욕 안 먹고 살며 걸을 수 있다는
포만감(飽滿感)에 젖은 소리라네.
늘 주고받는 말들이지만
산새 소리처럼 정겨운 말이라며
늘 대공원을 걷고 또 걷잔다.

첫눈이 오는 날

첫눈이 오는 날,
누굴 만나러 가는 날도 아닌데
만나자고 약속한 날도 아닌데
마냥 즐거워 창가에서 서성입니다.

첫눈이 쌓이면,
눈 위에 하트를 그릴까
활짝 웃는 눈사람을 만들까
어린 시절처럼 눈싸움해볼까
눈 덮인 하얀 세상 펼쳐봅니다.

휘날리는 눈 사이로
낙엽은 바람과 함께
마지막 춤사위를 하고
그대는 하늘을 쳐다보면서
닫힌 마음을 열어주네요.
다 포근한 세상 꾸며봅니다.

첫눈이 오는 날,
가을을 보내는 날입니다.
그래도 미소 짓는 날입니다.
품처럼 포근하고 따뜻한 날입니다.
첫눈 타령하면서 젊음을 맛봅니다.

눈꽃 송이 피는 날

눈이 오니 왠지 좋은 걸
무엇인지 좋은 일이 있을 것 같고
꼭 막혔던 일도 잘 풀릴 것 같네.
소식이 없던 친구한테 연락도 올 것 같고
서먹서먹해진 그 사람과도 잘 될 것 같네.

이런저런 핑계로 말도 하지 않았는데
오늘은 내가 먼저 전화를 해야지.
부모님께도 친구한테도
내 사랑하는 사람에게 모두 모두
그러면 세상만사가 술술 풀리겠지.

함박눈이 눈꽃 송이로 피는 것처럼
눈꽃 송이가 웃음꽃으로 피는 그 날,
온 세상을 흰 눈이 덮은 것처럼
순백의 세상이 찾아오겠지.
아! 그날이여,

추억의 겨울밤

문풍지가 노래하고
입은 심심하고 배도 출출해지는
적막감만 감도는 긴긴밤,
호롱불도 지친 듯 희미해지고
화롯불 체온도 점점 식어갈 때면
씨감자라도 굽고 싶지만
호랑이 같은 아버지 얼굴이 떠올라
쪼르륵하는 시장기를 꾹 참았지.

텔레파시라도 통했는지
너희 배고프지 하시면서
아랫목 이불 밑에 묻어 둔
밥 한 그릇을 내주신 울 엄마.
옹기종기 모여 밤참을 먹었지.
밥은 한 숟갈밖에 안 떴는데
어느새 바닥 긁는 소리에
동치미 국물로 배 채웠던 시절.
그래도, 그 시절 그 추억이
내 행복을 더 달콤하게 하네.

겨울나기 1

곱게 물든 나뭇잎이 지기도 전에
새봄이 왔으면 좋겠네.

겨울나기에 힘든 달동네에는
더 빨리 왔으면 좋겠네.

냉골인 방에서
어둠을 견디며 사는 이에게는
온정의 손길도 함께 왔으면 좋겠네.

순한 우스갯소리처럼
겨울나기를 할 수 있다면
정말, 날아갈 듯 좋겠네.

겨울나기 2

방은 냉골이라
바깥이 더 따뜻하고
배는 등에 붙었는데
먹을 것도 없고 불조차 꺼졌으니
다 해어진 신발이라도 끌고
바람 없고 햇살 두꺼운
양지바른 곳이나 찾아가자.
하나둘 모이면서 하는 말
"하루하루가 지겹구나."
"가는 세월은 더 무섭네."
해 질 녘이 다가오니
차디찬 집으로 돌아가기 싫구나.
파란 하늘에 떠 있는 낮달아!
시린 달빛만 보내지 말고
말없이 불타는 영혼을 보내다오.

악몽(惡夢)의 재현

훨훨 날아올 철새 소식에
반갑기도 하련만
안 오면 더 좋겠네.
오더라도 독감은 놓고 오너라.
아니면, 돌아서 가든지.
야박하다고 섭섭해 할지 모르지만
걸렸다 하면 우리는 생매장이야.
재판도 없이 포대에 들어가야 해
한둘이 아니고 수백 수천이야
쨱소리도 못하고 당하는 거지.

인간들아!
만물의 영장이라면서
자비로운 부처가 되어서
사람들을 위해 맘 놓고
살 수 있도록 해 줄 수 없니.
구름이 낀 날 구덩이를 파네.
오늘은 무슨 날일까?

사인암에 앉은 소나무야

아름다운 석벽의 정수리에
늘 푸른 소나무가 꼿꼿이 앉아
우탁(*)의 존재를 전하는구나.

책 쌓아놓은 듯한 기암절벽에 반한
시인 묵객들도 시름을 달래려고
시 읊고 그림 그린 흔적 남겨놓았구나.

성난 민심 잠재울 도리 어디 없나
잘잘못이 가려지기도 전에
여론의 뭇매에 파죽음이 될까 두렵네.

바위틈에 앉은 소나무야,
어지러운 이 세상 어쩌면 좋을까
수많은 사연 담아 너를 찾아 왔네.

우탁(禹倬): 고려 말 성리학 수용 초기의 유학자

묵언(默言)의 기도

때로는 나를 위해
조용하지만 뜨겁게
어둡고 삭막한 내 마음에
빛이 찾아오기를
두 손을 모은다.

어떤 잘못이라도
넓은 마음으로
누구라도 용서하는
넓고 넓은 큰마음이
내 가슴에 자리 잡기를
두 손을 모은다.

닫힌 마음의 창을 열고
분노에 찬 옹졸한 마음도
망설이는 어리석음도
올해가 다 가기 전에 털고
내가 먼저 용서를 구하는
겸손한 마음을 갖도록
두 손을 모은다.

화해와 용서가 아무리
힘들고 가슴 아파도
늘 내 마음속에 있거늘
희망의 끈을 놓치지 않기를
두 손을 모은다.

비 온 뒤에는

멀쩡하던 늦가을 어느 날,
오뉴월처럼 먹구름이 몰려들어
곧 비가 내릴 것 같아
다 지은 농사 몸으로 덮고 싶네.
천둥소리 잦아지니
폭우가 쏟아질까
바람은 몰고 오지 않을까
근심이 태산 같구나.
하지만, 걱정을 말자
어차피 올 비라면,
비 온 뒤에는
하늘이 더 푸르고
땅도 더 굳어진다고 하잖나.
또, 무지개도 뜨고
사랑도 더 깊어진다고 하잖나.

진눈깨비 올 때면

흰 도화지로 세상을 뒤덮을 듯
가쁜 숨을 몰아쉬며 내려앉는 눈,
앉자마자 녹아내리는 사연이
심술쟁이처럼 파고드는 비인가.

내릴 때는 눈인데
금방 녹아 비처럼 질퍽거리니
개구쟁이 옷 버리고 발이라도 얼까
한반도에 머물겠다는 한파가 걱정되네.

네 탓 내 탓 탓하지 마라.
상처를 주고받는 비와 눈도
엎친 데 덮친 격인 한파도
누가 누구를 나무랄 수 있으랴
모두가 자연의 조화인데,

막다른 골목길

더는 갈 곳이 없어
발걸음을 멈추고 한숨짓는 길,

잘못 들어온 아쉬움에
몇 번이고 혀를 차면서
지친 몸을 달랜 뒤에
발길을 돌릴 수밖에 없는 길,

돌아설 때 한 줄기 빛을 보고
열린 길을 찾아 웃음 주는 길.

철면피(鐵面皮)

화사한 벚꽃이 아름답지만
뒤에 숨은 그림자가 섬뜩하구나.
네가 한 짓 땅이 알고 하늘이 아는데
아직도 네 한 짓을 모르겠다고,

내 나라를 사랑한다는 이유만으로
온갖 시련과 고통을 다 안겨 줘
그 신음 방방곡곡에 쟁쟁했는데,
아직도 네 잘못을 모르겠다고,

정말, 소가 웃을 일이구나.
세상에 똑똑하기로 소문난 네가
뻔뻔스럽고 염치없는 짓을 하고도
부끄러움을 모르는 불한당이로구나.

진정 네가 좋은 친구로 남으려면
먼저 가면을 벗고 손을 내밀어야지.
그러면 억울한 세월이 얼마일지라도
내 마음도 눈 녹듯이 녹을 텐데,

대추나무에 연(鳶) 걸렸네

가느다란 실에 몸을 맡기고
솔개처럼 하늘을 나는 연,
능숙한 얼레 젖는 솜씨로
간절한 소원도 띄워 보내니
올해가 다 가기 전에
해도 달도 품을 것 같구나.
하늘이 무슨 조화를 부리나
한가롭게 날던 연이
몇 차례 곤두박질을 치더니
연실조차 끊어지고
비틀거리는 연체동물처럼
바람에 떠밀려 가더니
대추나무에 걸리고 마는구나.
몸부림을 치면 칠수록
달린 실이 올가미가 되는구나.
오도 가도 못하는 네 신세!
그 소원 이제 내가 들어주마.

대한민국, 2017년

이순신, 곽재우, 권율, 김시민 …
그대들은 어이해 아무 말이 없는가.
임진왜란 때처럼
온 세상이 기울어져 가는데,

언론도, 권력도, 지식인도 …
초지일관 어깃장만 놓지 않는가.
당파싸움만 하던 그때처럼
성난 민심은 자꾸 멀어져 가는데,

그대들이여! 어서 돌아오라.
우리들에게 다시 일어설 힘을 주오.
비록 멀리 떨어져 있어도
그대들의 나라 생각은
우리 곁에서 별처럼 빛나고 있는데,

대한민국, 이 땅에
역사의 꽃이 시들지 않고
자유민주주의 노래를 부르며
영원토록 이어가고 싶은데,
임들이여! 도와주소서.

공감하는 세상

왜,
시인은 죽지 않는다고
또 살아 있다고 하는지
아무리 생각해도 아리송하지.

그것은,
오직 한 가지,
세월이 흘러가도
숨 쉬는 한 편의 시 때문이지.

먼 훗날에도
심금을 울리며 파고드는
감미로운 시 한 줄을 찾아
우주로 떠나는 꿈을 꾸련다.

오늘 밤에는
웃는 별한테 물어보련다.
그대의 숨결이
이곳까지 어떻게 전해오는지를.

봄바람 타령

입춘이 지났는데도
찬바람이 살 속으로 파고드니
그 바람, 소소리바람인가 봐.

대동강 물도 풀린다는 절기에
창틈으로 새어드는 바람이
예전 같지 않네, 살바람인가 봐.

솔가지 한들거리고
목련꽃이 진달래꽃을 깨워
함께 오니 솔바람인가 봐.

봄 처녀 치맛자락처럼
산들거리는 수양버들을 보니
산들바람인가 봐.

양지쪽에 핀 제비꽃이
파르르 떨고 있네.
꽃샘바람이 못살게 구는가 봐.

활짝 핀 벚꽃 잎도
바람결에 눈처럼 휘날리니
그 바람은 꽃바람인가 봐.

봄을 기다리는 사람들

살을 에는 듯한 추위에도
봄은 아직 저만큼 있는데
앉아서 기다리기보다는
이 산 저 산 온 천지를
찾아다니며 헤매는 사람들,

봄맞이 함께 가자며
이불을 제치며 흔들어 깨워도
때가 되면 봄은 절로 온다고
자던 잠은 자야겠다며
돌아눕는 철없는 사람들,

높은 산을 넘고 강을 건너니
더 높은 산이 가로 놓여 있어
봄이 돌고 돌아오려면
언제쯤 오려는지
징징거리며 기다리는 사람들,

산골짜기에 흐르는 물소리도,
풀뿌리에 숨은 봄바람도,
다소곳이 찾아드는 햇살도,
봄을 알리는 기지개를 켠다며
봄맞이를 서두르자며
봄을 기다리는 사람들,

보름달 같은 세상

한여름처럼 비가 퍼붓더니
비는 그치고 먹구름도 걷히네.
반가운 해가 쨍쨍 내리쬐니까
마음속에 자리 잡았던
검은 숯덩이도 작아져 간다지만
민초(民草)들의 마음에 드리워진
먹구름은 지워졌을런가 모르겠네.

봄을 재촉하며 촛불을 밝히더니
삽자루도 제대로 잡지 못하는
농부가 마구 씨를 뿌린다.
그 씨, 싹이나 날까 모르겠네.
목말라 할 때
촉촉한 단비가 되어주지 못하고
힘없어 기진맥진할 때
한 줌의 거름도 되지 못한 신세라
맥없이 보낸 세월이 송구스럽다네.

봄이 가고 푸른 오월이 지나고
저 촛불도 점점 꺼져갈 때쯤에
뿌린 씨가 자라 꽃피는 세상일까
토실토실한 열매를 맺는 세상일까
아니면, 무궁화 한 송이 앞에서
쪼그리고 앉아 하늘을 쳐다보며
또 가슴 아파하는 세상일까.

봄날은 간다 2

잔설이 녹아내리는 시냇물에
발 담그고 있는 버들강아지의
피리소리에 봄날은 간다.

대바구니에 모여든 봄 향기에
나물 캐는 아낙네들의
콧노래에 봄날은 간다.

앞산에 진달래꽃 만발하니
꽃구경 가는 상춘객들의
발자국 소리에 봄날은 간다.

햇볕이 대지에게 정을 주니
봄의 정취에 흠뻑 젖은
아지랑이 춤사위에 봄날은 간다

'봄날은 간다1'은 제2시집 '물음표에 피는 꽃(21페이지)'에 수록

무궁화를 바라보면

가슴이 아파라
뒤안길로 사라져 가는 꼴을 보면,

눈물겹도록 가여워라
철없이 매달려 있는 꽃망울을 보면,

그래도 아름다워라
일편단심 활짝 웃는 모습을 보면,

기대고 싶어라
늘 인내와 끈기로 잘 다독여 주니까.

설 자리 앉을 자리

어딜 가나 앉을 자리 있나 싶어
배려석을 찾지만
설 사람이 태연하게 앉아 있네.

혹시나 싶어 또 살펴보지만
설 사람은 모른 채 눈을 감고
묵언(默言) 수행 중이라네.

때마침 한 자리 나 놓칠세라
엉덩이부터 디밀고 보니
배부른 사람 앞에 서 있네.

아차, 양보해야지 싶어 일어나니
"고맙습니다. 감사합니다."
둘은 웃으며 복(福)을 주시네.

얼음 호수

코끝이 찡하게 시린 이른 아침,
칼바람이 가슴으로 파고드는지
잔뜩 웅크린 겨울 남자는
홀로 호숫가를 서성이고 있네.

나무들도 풀들도 모두가 잠든 세상,
출렁이던 물결마저 숨을 죽이고 있네.
물고기도 얼음을 이불 삼아 잠을 청하네.
얼음 호수의 꿈도 실컷 자는 것이겠지.

여유롭고 고상한 두루미는 어디 갔나.
다정하게 노닐던 청둥오리도
임 따라갔나, 세월 따라가 버렸나.
그대가 찾는 마음,
매화 봉오리 맺힌 듯하네.

모두가 떠난 고즈넉한 호숫가에
해도 아닌 마음의 둥근 해가
아침 햇볕처럼 따스하게 찾아드네.
새봄에 핀 꽃인 양 품고 싶구나.

나 홀로 착각

어느 봄날 새싹들이
따뜻한 햇볕을 찾아
고개를 내밀 때쯤,
아름다운 몸짓으로
다가오는 누구를 보았네.

반가움인지 유혹인지
맑은 눈빛으로
밝은 웃음으로
꽃 나비를 만난 듯
살랑이며 다가오더라고.

어디서 많이 본 듯한,
혹시라도 코흘리개 동창생,
오래전에 내 곁을 떠난 그 임,
쉬지 않고 돌아가는 필름에
짧은 순간 홀리고 말았지.

너무나 매혹적으로 다가오는
그대의 발길에 그만,
넋 놓고 걸음을 멈추었지.
온몸으로 반기는 이는 정작
내 그림자와 함께 서 있네.
좋다 말고 쓴웃음만 짓는 나,

빨간날이 365일 인데

곽종철 제3시집

초판 1쇄 : 2017년 10월 16일

지 은 이 : 곽종철

펴 낸 이 : 김락호

디자인 편집 : 이은희

기 획 : 시사랑음악사랑

인 쇄 : 청룡

연 락 처 : 1899-1341

홈페이지 주소 : www.poemmusic.net

E-Mail : poemarts@hanmail.net

정가 : 10,000원

ISBN : 979-11-86373-90-3